快速 阪急電車は今日も行く

斎藤公明

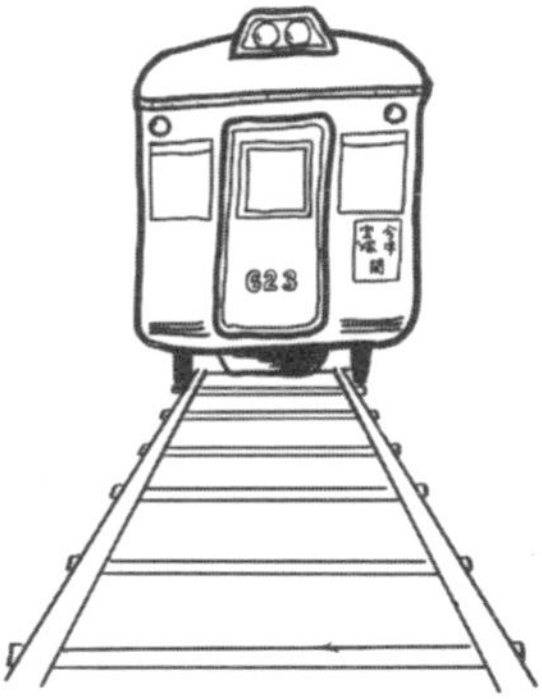

鳥影社

はじめに

約三年前から神経難病を患っている。誤解の病と言われる。症状は、ふらつきと眩暈《めまい》、やる気の無さ、書字《しょじ》困難、発語障害、誤飲等である。予後（病気や治療の経過見通し）は二、三年で杖歩行、二年で車椅子生活、二年で寝たきり。そして死因は嚥《えん》下《げ》障害、窒息、嚥下性肺炎等である。初期の症状は車の運転がぎこちなくなった、自分の名前がうまく書けない、ゴルフが下手くそになった等である。二〇二〇年八月に右に倒れ、右肩関節を強打し、二〇二〇年十一月右肩に人工関節を入れる手術をした。その後リハビリテーションを行い、何とか可動域を取り戻したが、十分ではない。

見た目にはどこも悪くない様に見えるが、実は眩暈とふらつきが強く、それが誤解の病と呼ばれる所以である。症状は進行性で、元に戻らない。進行性核上性麻痺

(Progressive Supranuclear Palsy) が病名である。最近は車椅子で運んでもらい、複視や排尿障害に悩まされており、後方重心で固定物につかまる生活である。

これまで事あるごとに書きとめていた思い出を、まとめたものであり、二〇一六年五月から二〇一八年七月まで介護センターやすらぎと宝塚市医師会雑誌に投稿した文章である。

快速阪急電車は今日も行く　目次

イラスト　月星亜弓（著者次女）

快速阪急電車は今日も行く

快速阪急電車は今日も行く　その一

小学校一年生の時、小林駅から池田駅まで阪急電車で通学していた。小林駅に陸橋などなく、改札口から入った僕は、線路を横切って宝塚行きのプラットホームに行った。電車が駅に滑り込む時、西宮北口行きの向かいのホームに立つ父に、行ってきますと手を振るのが毎朝の日課だった。逆瀬川《さかせがわ》や門戸厄神《もんどやくじん》も反対側のホームへは小さな踏切を渡って行った大昔の話。

朝はすし詰め状態だが、午後、小学校から帰るときはガラガラ。電車の車両と車両の間はジャバラの様になっていて、その隙間から覗くと大きな鉄の塊の連結器があり、その下を枕木が眼にもとまらぬ速さで流れるのが見えた。運がいいと連結部分が無人の運転席になっている車両に出くわす。鍵が閉まっていないときは、これ幸いと中に入る。スピードメーターをじっと眺めながら、横に垂れ下がった縄跳びの縄のようなものを引っ張ると、けたたましく警笛がファァーンと鳴った。

そんな悪戯に嬉々として興奮した僕は、きまって小林駅に着くころにトイレに行きたくなる。駅に着くやいなや、一目散に家に帰ろうとしたが、間に合わないことも少なくなかった。アンモニアが目に沁みて涙が出た。家に帰るとなぜか直ぐ母に見つかり、こっぴどく叱られて、現実の世界に戻った。

子供心に駅員さんをとっても尊敬していた。眼にもとまらぬ速さで切符を切り、その合間にトングの親玉の様な道具で線路に落ちた数えきれない吸い殻を拾い上げる。運転士さんもすごいなぁと思った。時々、駅を少し行き過ぎて、停止位置まで数メートルバックする技に目を丸くした。もちろん、いきなり聞いたら何語か解らない、独特の抑揚と巻き舌を持った車掌さんのアナウンスも大好きだった。

阪急電車は僕の憧れだった。

快速阪急電車は今日も行く　その二

小学校低学年から全国を転々としていた僕は、高校に上がるとき、父が小林駅前で開業することになって、久しぶりに宝塚に帰ってきた。昭和四十三年、憧れの阪急電車での通学が再開したのだ。

阪急神戸線と今津線は西宮北口で直角に交差していた。朝のラッシュアワーには、絶妙のタイミングでポイントが切り替わり、電車はぶつかることなく東西と南北に地上を行き交っていた。人間は、今津線から神戸線に乗り換えるのに、押し合いへし合い地下道を通っていた。これをダイヤモンドクロスと呼ぶことを知ったのは随分たってからだった。

僕の高校では今でも理解しづらい規律があった。『電車の中で座ってはいけない、どんなにガラガラであっても、』である。すべての人に席を譲る気持ちを、常に忘れないためだという。だから、電車の中では三年間立ちっぱなし。六甲山の中腹に高校があった関係で、通学は登山靴を履いた人達と毎日一緒だった。足腰だけは、たいそう鍛えられた。

朝、六甲駅に着くと僕たちはホームに排出される。少し寝坊して学校に遅れそうな朝は、おなかが痛くなったと言って、年配の英語の先生がいつも利用する阪急タクシーに便乗させてもらった。『君はpainfulなひとだね』と言われた。

夕方の車内では校則どおり立ったまま、男友達と面白い話をしながら帰った。座っている女子高生がクスクス笑うと、男子校の僕たちは、得意になって聞こえよがしにますます大声で話した。ただ、馬糞色の制帽をかぶって参考書に目を落とすライバル校の男子学生が近くに来ると、急に小声になった。

万博にやってきた東京の友達が、梅田駅の地下にできた川の流れる街と、その川底に敷きつめられたコインを見て目を丸くした時代。千里の丘陵地に広大に拡がる未来都市と、宇宙基地のような巨大な塔ができた頃。僕は、阪急電車の利用者である事を誇りに思い、胸を張っていた。

快速阪急電車は今日も行く　その三

今から四十年ほど前、日本の成人男性の多くは、ところ構わずスパスパたばこを吸っていた。阪急電車の線路には吸い殻があふれ、それを拾って掃除することが、駅員さんの大切な仕事の一つであった。ホームには痰壺なるものがあり、咳の止まらないおじさん達がよく利用していた。

大学生になった僕も、ご多分に漏れずチェリーを一日一箱以上吸っていた。両切りピースには負けるが、独特の臭みがやみつきになった理由である。皆に人気のあったセブンスターやショートホープはなぜか嫌いだった。火のない時は、駅のホームで知らないおじさんにマッチを借りた。特に、朝一番の西宮北口駅での一服は、少し頭がクラクラとして格別であった。

電車がホームに滑り込む時、大きく最後の一吸いをして、電車とホームの間に吸殻を投げ捨てる。ある日、それに失敗して、到着した電車の車体に当たった吸殻が、風圧でホームに跳ね返った。運が悪ければ、乗車を待っているおじさんのズボンの裾の折り返しに飛び込みかねない。おじさんがそのまま電車に乗ったら一大事。これは危ないと思った僕は、それ以来ホーム備え付けの灰皿でタバコの火を消すことにした。タバコ吸いはマナーが大事である。

給料取りになって暫くした昭和五十九年、西宮北口駅の平面交差が解消され、阪急六甲駅で梅田行き特急が普通電車に激突し、西灘駅は王子公園駅に駅名変更された。翌年、僕は国鉄しか走っていない城崎郡に出張を命ぜられた。田舎病院での日々は楽しかったが、ある日、日本海の強風にあおられて、鉄橋から列車が転落した。だから、国鉄を利用するときは命懸けだった。

昭和の時代が終わりに近づいたこの頃、国鉄はＪＲに変わった。朝夕のラッシュ時に紫色に煙っていた駅のホームも、徐々に消えていった。

快速阪急電車は今日も行く　その四

時代が昭和から平成に移り、バブルがはじけた頃、僕は田舎の病院に別れを告げ、再び、憧れの阪急電車にのって小林から大都会神戸に通勤するようになった。

平成七年一月十七日、阪神大震災が発生した。阪急電車の線路はどこも飴のように曲がり、ズタズタになった。今津線の甲東園と門戸厄神の間に、山陽新幹線の高架線路が落ちた。神戸まで電車で通勤することは不可能であった。神戸に向かう国道は信号が消え、いたるところに警官が立っていて、手信号で交通整理をしていた。神戸に向かう道路は全面通行止めだった。そこで、宝塚警察署に行って通行許可証（阪神淡路大地震規制除外　No14、R2瓦木～岩屋交差点）を発行してもらい、いまだあちこちに煙の立ち上る神戸に入った。しばらくすると、許可証をカラーコピーしたダンプや自家用車が混じってきて大渋滞となり、泣く泣く深夜早朝に通勤した。

数ヵ月たっても阪急神戸線や今津線は開通しなかった。そこで車で甲子園口まで送り迎えしてもらい、生まれて初めてＪＲを利用して神戸との間を往復した。品のいい阪急電車に慣れていた僕は、ＪＲに乗るとどうしても身構えてしまう。夜遅くの車内、通路を挟んだ隣の四人掛け座席を占領したおっさんが、前の席に座ろうとした人に、『いっぱい空いとるやんか、どっかいけ！』と怒鳴った。むこうの方では、読んでいた新聞を傘でぐちゃぐちゃにされた兄ちゃんが、『なにすんねん、ワレッ！』と、相手の胸ぐらをつかんでいた。

地震後五ヵ月位で、やっと神戸まで阪急電車で通勤できるようになった。しかし、震災以降、ポケベルの代わりに、かまぼこを少し小さくした位の重い携帯電話なるものを常時もたされる羽目になった。電車の中でけたたましく呼出し音が鳴ると、僕は真っ赤な顔をしてカバンからそれを取り出し、これ以上ないほどの小声でしゃべった。

平成十一年三月、伊丹で複線運転が再開され、ついに阪急電車は完全復旧した。震災後、実に四年が経過していた。

終電

阪急電鉄は、明治四十三年に梅田宝塚間で運転を開始し、平成二十二年に遂に開業百周年を迎えた。しかし、平成以降はバブルが崩壊し、阪神大震災に見舞われ、長引く不況に低迷する。阪急電鉄は宝塚ファミリーランドを閉園し、神戸ポートピアランドから撤退した。

明るい話題は映画になったこと。有川浩の小説が『阪急電車……片道一五分の奇跡……』として平成二十三年春に封切られた。さっそく観に行った。彼女が生れる前から小林駅を利用している僕には、興味津々の作品だった。

映画の冒頭から、ストーリー以外に気が行ってしまい、本編はそっちのけ。逆瀬川駅から小林駅まではこんなに何分もかからんぞ……と心の中で叫び、合成されて車窓に繰返し流される見慣れたマンションや池に目をやっていた。電車が小林駅に滑り込む時、S内科やI外科胃腸科の看板は、悪いこともしていないのにぼかしが入れられたり、すり替えられたりしていた。でも不思議なことに、M皮膚科のコアラの絵だけははっきりと見えた。意地悪な小学生、DVの過ぎる大学生、うるさい小金もちのオバちゃん達は、それぞれS女子学院、K学院大学、○○さん達と直ぐ解ってしまい、僕の日常とオーバーラップして笑えなかった。

撮影のとき、小林商店街の会員にはあらかじめ映画ロケのスケジュールが配布されていた。そのため、何時から何処でロケがあるかが分かる。当日、イズミヤは早朝から開店して、エキストラが買い物かごをもってうろうろ、バタバタ大騒ぎ。小林駅では、こんなにたくさん住民がいたかと思うほどの人々が、改札口の周りを幾重にも取り囲んだ。そして、電車が駅に滑り込むと、開業以来はじめて事故以外で一般乗客が足止めされた。撮影の合間、中谷美紀はニッコリと会釈してくれたのに、戸田恵梨香は駅のベンチに座ったまま顔も上げずにブスッとして愛想がなかった、とオバちゃんが興奮して得意げに教えてくれた。

陽をいっぱいに浴びてガタンゴトンと走るマルーン色の車体。子供のころから見慣れた当たり前の風景。西宮ガーデンズの映画館で、スクリーンいっぱいに映し出された阪急電車が、だんだん滲んできたのは僕だけだったろうか。この映画のおかげで、兎にも角にも大好きな阪急は、開業百年を過ぎてやっと全国に輝きを放ったように思えた。

翌、平成二十四年十一月二十一日、七年以上の歳月を経て、巨大デパート阪急うめだ本店の工事が終わり、華々しくグランドオープンを迎えた。しかし、同じ年の三月に神戸阪急が閉店したことを覚えている人は少ない。

快速阪急電車は今日も行く

時代は飛ぶように移り行く。
そして、快速阪急電車は今日も行く。
みんなのキラキラと輝く思い出をいっぱい乗せて……。

銀幕

銀幕（1）

幼かった頃、両親に連れられて映画に行くのが大きな楽しみだった。町に一つしかない映画館に三本立てを観に行くのである。なぜか始まりと終わりに緞帳《どんちょう》が開閉し、観客はみんな拍手をした。混んでいる時、横や後ろで立ち見するのは当たり前。お正月で大入り満員のときは、子供たちはスクリーンと最前列の間の狭い舞台に寝転がって映画を見上げた。『禁煙』と書かれた赤いランプが煙にくもっていた。時々、フィルムがバチンと切れて映画が中断し、辺りが真昼の様に明るくなる。これ幸いとみんなトイレに走った。こぼれた飲み物や菓子袋の散乱する通路で派手に転ぶおじさんやおばさんが必ずいた。

あれから半世紀が過ぎた。

西宮北口でも梅田でもそうだが、最近は座席数が昔より少なく、急勾配に配置されていて、前に巨人のような人が座っても頭が邪魔にならない。洋画では、字幕を読む為に頭と頭の隙間を覗き込む必要はもう無い。完全予約制なので、映画の結末を前の回に観てしまうことはない。ソファーの様にふかふかの座席に座わったまま、心地よい眠りに引き込まれてしまう。

突然、映画の最中に隣から肘でつつかれて我に返る。どうやらいびきを掻いていたらしい。そっとあたりを見回すと、みんな真剣に画面に見入っていて、中には眼を潤ませている人もいるようである。映画が終わって明るくなると、さわやかな目覚めこそあれ、申し訳ない気持で席を立つはめになる。年のせいで集中力と体力が落ちたため、と半ばあきらめるようになった。

三年前、人々が特殊メガネをかけて飛び出す画面に驚嘆した映画はアカデミー賞を逃した。しかし昨年は、白黒・無声映画が作品賞を獲得した。じじばばが、まだまだ孫たちには負けないと言っているような気がした。

銀幕（2）

最近の映画館にはいろいろな特典がある。

例えば、映画を観おわった後、何か食べに行くとする。同じビル内の提携飲食店では、食事代五パーセント割引となる。但し、観た映画の半券を提示しなければならない。はじめ、それを知らなかった僕は、半券を捨ててしまい失敗した。次に行ったとき、半券を大切に持っていて会計するときに提示した。レジの店員が、『注文するときに見せて頂かないとだめです』という。またもや失敗した。

店によってはソフトドリンク一杯サービス。最近はテーブルで食事を注文するときに『じゃあ、飲み物はこれで……』と、大切に保管していた映画の半券を見せる。すると、ただでウーロン茶やコーラが飲める。

映画の料金にも割引特典がある。毎週水曜日はレディースデイといって、女性なら千円で観ることができる。無人のタッチパネル発券機で買うのだが、女性の所を押せば千円の券が出てくる。だから、水曜日はおばちゃん達や若い女性で結構混雑する。僕が『男でも女性の所を押せば、千円だね』と言ったら、『入り口で半券を切るときにバイトの子にばれるわよ』としかられた。しかし、夫婦割引やシニア割引なら少々さばを読んでもばれないだろうなぁとも思った。

でも最近になって、あることに気付いた。切符切りの子がイアホンと一体型の小型マイクを頭に付けているのである。それで通報でもされたら社会的地位を失いかねない。だから娘と一緒に映画に行った時は、娘には妻のふりをせずに正規の料金を支払うよう指導している。一流ホテルのフロントやレストランでも、そういえば小型マイクを付けた係の人がウロウロしている。何をひそひそと話しているのか、怪しいものである。

他にも、シネマイレージというものがあり、ポイントを貯めると映画が一本タダになる等々、色々な特典がある。映画離れを止めるのに、会社は躍起になっているようである。

銀幕（3）

今から半世紀ほど前の話。映画は庶民の大きな娯楽だった。それは子供にとっても同じこと。

小学校四年生だった僕は、何故か徳島県の祖母の家に一年間預けられていた。年寄りには解るまいと子供心に考えて、祖母に適当な嘘をついて一人で映画を観にいった。糖尿病で両足を切断した呉服屋のおじさんの所に遊びに行ってきますと言ったり、ロバのパン屋さんを探して見つからなかったら替わりに熱々のちくわを買ってきてあげるよと嘘をついて家を出た。実は、隠れて丸新デパートの三階にある小さな映画館に行くのである。

プレスリーが主演で、ハワイかどこかの海辺でギターをかき鳴らすミュージカル。僕の目はビキニ姿で腰をくねらせて踊るお姉さん達にくぎ付けだった。心臓が早鐘のように打っていた。映画が終わると、ちくわを買うことも忘れて一目散に走って帰った。黙って映画に行った後ろめたさと、観てはいけないものを見てしまった興奮で、僕の顔はきっと真っ赤になっていただろう。

多感な中学生時代は、何故か今度は神奈川県にいた。学校がキリスト教系だった関係上、課外活動としてクラスで映画鑑賞に行った。イエスがゴルゴダの丘で息絶えた瞬間、雷鳴が轟き、『やはり彼は神だった』とつぶやいたチョイ役のジョン・ウェインが脳裏に残った。ベンハーを演じたチャールトン・ヘストンも大好きだった。でも、何十年かして彼が全米ライフル協会の会長で、アメリカ銃規制に反対する一大勢力であることを知って大嫌いになった。

最近はクラシック・シネマとして、子供のころ見た作品に茶の間で出くわすことがある。時が過ぎて大スターへの見方が随分と変わった自分に気付く。

銀幕（4）

東京ディズニーランドは開業して今年三〇周年を迎えた。そのディズニーリゾートのある舞浜が影も形もなく大海原だったころ、大学受験に失敗した僕は親元を離れ、千葉県で一年間浪人生活を送った。西船橋にある予備校の寮の、監獄みたいな四人部屋で寝起きするのである。そこから国鉄の中央線に乗って東京のお茶の水に毎日通った。唯一の楽しみは予備校をさぼって途中下車し、真っ昼間から映画を観に行くこと。

その頃、お金のない僕は入場料の安い前方の端っこの座席に座っていた。そこからは、大映画館のシネラマ画面はひどく歪み、近くの方は縦に細長く向こうの端は横長になっていてとても観にくかった。でも、ステレオサウンドに包まれ、総天然色カラーで観る映画はそんな事をすぐに忘れさせてくれた。銀座ではオードリー・ヘップバーンに出会えたし、錦糸町では岩下志麻とふたりだけの時を過ごした。真っ暗の映画館で僕は現実を忘れ、キラキラと目を輝かせて彼女たちの美しさに見入っていたのである。

神戸の大学に行くようになっても、持ち回りで代返を頼み、講義をさぼっては映画館へ足を運んだ。日活ロマンポルノを観に行った時はさも当たり前のように入場切符を買ったが、なぜか帽子だけは目深にかぶっていた。上映中は暗くて分からなかったが、三本立ての合間の明るくなったときにふと横の方を見ると、今は大学教授になっている友達がひとりポツンと手持無沙汰に座っていた。「こんな所で何しとんねん、おまえ？」と声をかけようと思ったが、何となくかけづらかった。映画が終わると、二人とも目を合わすことなく赤の他人のふりをして映画館を後にした。

四十年以上を経た現代。パソコンやケイタイ、スマホがあふれる時代になっても、人々は映画館に行く。みんな一つの大きな画面に向かって笑い、驚き、涙する。お金を払って夢を買うことは昔も今も変わらないと思うと、少し不思議な気がする。

銀幕（5）

ヒーローは絶対に死なない。「ポパイ」も「ローン・レンジャー」も「月光仮面」も然り。「ベン・ハー」も「スーパーマン」も「スパイダーマン」も、みんな一度は死んでも復活して最後には勝つ。映画を観る前からそれが分かっているので、安心して楽しめる。

五〇年間一度も死んでいないヒーローがいる。英国諜報部員００７ジェームズ・ボンドである。一九六二年、ショーン・コネリーが大活躍する『００７は殺しの番号』から、半世紀。昨年冬、第二十三作目にあたる『００７　スカイフォール』が五十周年記念作品として封切られた。今回も絶対死なないだろうなぁと半ば安心して観に行ったら、鉄橋からまっさかさまに転落、いきなりボンドのお葬式シーンである。「五十年間も死ななかったスパイが……」と驚きに包まれる。が、しかし……。

００７シリーズのどれが一番良かったかを問うたアンケートがある。千人を超える回答の一位に輝いたのは二作目の『００７／危機一髪（ロシアより愛をこめて）』（六三年）だった。これに投票したのは五〇代から六〇代の男性で、その理由の多くはボンドガールが一番良かったというもの。最新鋭のメカやＣＧはどうも……という人々が支持しているのであろう。ちなみに、僅差の二位は『００７　カジノ・ロワイヤル』（〇六年）で四〇代の支持が多く、ダニエル・クレイグが瀕死の００７シリーズを救ったといわれている。

最近のサスペンスドラマやアクション映画は、登場人物が複雑に絡み合って、結局よく解らないまま終わることもある。そんな中でボンドは死の淵から何度も這い上がり、最後には悪を滅ぼす不死身の男である。五〇年間そのスタンスは変わらない。観客はみんな、終わった後「やったぞ」という爽快感を覚えて映画館を後にする。

しみじみと考えさせられるシリアスな映画がある。抱腹絶倒の喜劇もあれば、哀しみとやるせなさに包まれる感動の映画もある。どれも素晴らしい。しかし、時間が経つのも忘れ、お尻が痛くなることも忘れ、ハラハラドキドキしながらあっという間にエンディングになだれ込む痛快な映画も捨てがたい。

もう一つの銀幕

思い出は人それぞれ。ある人にはちんぷんかんぷんの事が、ある人にはまるで昨日の出来事のように脳裏に浮かんでくる。

まだテレビの無かった頃、あなたは覚えているだろうか。
夕方になると電蓄の前で「一丁目一番地」を一緒に歌ったことを……。
正座して吉永小百合扮する赤胴鈴之助に聴き入っていたことを……。
黒い花びらをリクエストしたら子供はダメと却下されたことを……。

テレビが初めて家に来た頃、あなたは覚えているだろうか。
ピアノ線で吊られた実写の鉄腕アトムを観た事を……。

月光仮面のおじさんが正義の味方でよい人だった事を……。

〝ウーヤーター！〟と少年ジェットが悪人を失神させた事を……。

最初にアウターリミッツを観た時、テレビの故障だと思った事を……。

七色のシールドを画面に架けてカラーテレビだと自慢した事を……。


一家団らんでテレビを観た頃、あなたは覚えているだろうか。

「ローン・レンジャー」が〝ハイヨー、シルバー〟と駆け抜けた事を……。

「サンセット77」冒頭歌のストリップという単語に赤面した事を……。

コンバットごっこで誰がサンダース軍曹になるかでもめた事を……。

♂ ♀ ∞ をベン・ケーシーから学んだ事を……。

ディズニーの四つの国の中で、未来の国が一番好きだった事を……。

そして、
淀川長治のサヨナラ、サヨナラ、サヨナラを聞いて、明日からまた学校かと暗澹たる気分になった事を……。

泥棒が入り、当時めずらしかったテレビを前に一服タバコを吸ってくつろいだこと

銀　幕

を……。

今、僕のとなりで、片言しか言えない一歳半の幼児がスマホの画面を指で器用に動かしている。自分の写真が出てくると「ワーァ、カワイイ」と叫ぶ。流れた時の長さを改めて感じる。

もう一つの銀幕（つづき）

筋書きのないドラマは切り取られた一枚の銀幕として心に残る。

東京五輪が始まるとみんながテレビの前に集合した。ソ連のバレー選手がオーバーネット、主審の笛、輪になって飛び跳ねる東洋の魔女たち。元祖綺麗なお姉さんだったチャフラフスカ、そりゃ戦争に負けるわと納得したジャボチンスキーの怪力。小学校のくじ引きで当たった僕は、外れた子を尻目にバスに揺られて東京へ行き、代々木プールで水しぶきを上げるドン・ショランダーを目の当たりにした。抜歯した所にたばこを挟んだまま、市川崑はそれらの瞬間を切り取って残してくれた。

高校野球はプロ野球よりスピーディーでドラマチック。甲子園で初優勝した徳島海南のエース尾崎正司の雄姿。感動の名勝負は三沢高校太田と松山商業井上が投げ合い、延長一八回0対0で引き分けた試合。だが、その一五回、一死満塁カウント、0ストライク3ボールと絶体絶命大ピンチの井上が投じた疑惑の一球……。
力道山が空手チョップで大きな外人を次々になぎ倒す。フレッド・ブラッシーの額咬みつき攻撃で血しぶきがとぶ。それを観たおばあちゃんはショックのあまり……。後から思えば、日本中が熱狂したあのシーンは筋書きのあるドラマだった。しばらくすると日本中が期待した世紀の一戦が遂に始まる。クレイが立って猪木が寝る。ちょっと待て、誰でもできるぞ、あんなこと。

少年雑誌も子供達にはもう一つの夢の銀幕として脳裏に焼きつく。

少年マガジンの表紙には朝汐太郎がニッコリ、口絵にはゼロ戦と戦艦大和の雄姿があった。小学一年生を買ってもらい喜々として開くと、「君も僕も新一年生!」とほほ笑むプロ入りしたての長嶋茂雄が目に飛び込む。「伊賀の影丸」、「オバケのQ太郎」、「ちかいの魔球」を食い入るように何度も読み、イヤミの「シェー」をまねる子供たちが町中あちこちにいた。
「ジンム、スイゼイ、アンネイ、イトク、コウショウ、コウアン、……」と歴代の

銀　幕

天皇陛下を諳んじて言える生徒を横目に、ふと気が付くと、今は教育委員会の教育長だったO先生がクラスで一番キレイだった女の子を膝の上に載せて悦にいっていた。後から思うとそれセクハラじゃん。七二回転のレコード盤の伴奏に合わせて「ここは御国を何百里、離れて遠き満州のぉ♪」と教室で合唱するよりも、なかよしと少女フレンドに没頭する同級生の胸のふくらみが何となく気になっていたあの頃。

子供のバス料金は五円、週刊少年漫画雑誌は三〇円だった。しかし、その頃の映画館の子供料金がいくらだったかは定かでない。

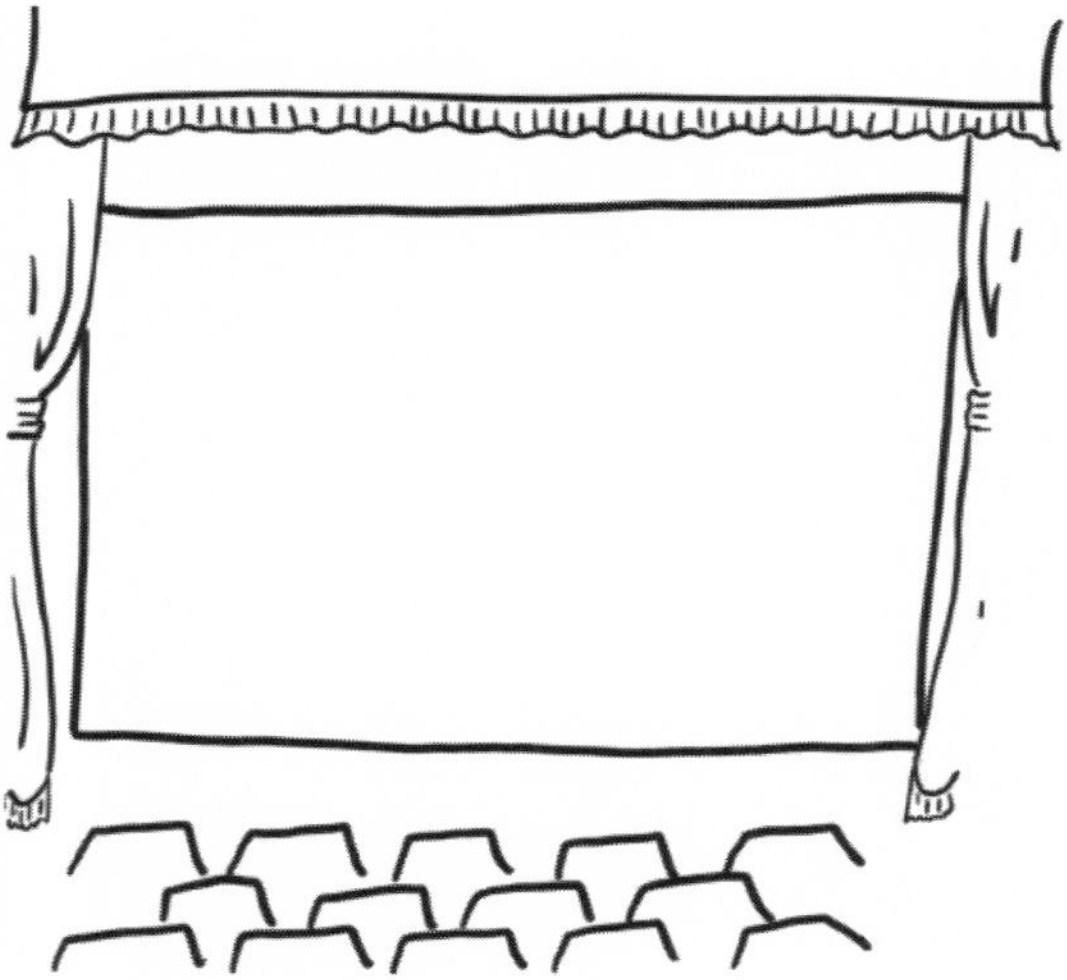

鬼の大松

鬼の大松（1）

少年の頃、何度も読み返した本がある。『おれについてこい!』と『なせば成る!』の二冊。背が低く手足の短い日本女性を、鬼のような厳しい練習でバレーボール世界一に導いたニチボー貝塚監督、大松博文著のスポーツ根性ものである。昭和三十九年、彼は東洋の魔女と呼ばれた選手たちを率いて東京オリンピックで金メダルを獲った。以来、バレーボールは日本中で脚光を浴び、回転レシーブやクイック攻撃をまねる子供達がそこら中にあふれた。

中学生になると僕は憧れのバレーボール部に入部した。練習は厳しかった。当時、中学は六人制ではなく、一つのコートにローテーションもなく選手がひしめきあう九人制だった。夏の炎天下、土まみれになって転がりながら球を拾い、ひたすら相手のコートめがけて打ち返した。練習中の水分補給は許されなかった。終わると、我先にと水道の蛇口に口を付けてむさぼり飲んだ。不思議なことに、今のように脱水症や熱中症で倒れる生徒は僕の周りにはいなかった。

わが校は弱小チームだった。初めての対外試合の直後、「何故あんな弱いチームに点を取られたんだ」と相手校の生徒が監督に平手打ちを食らわされていた。それを横目で見ながら、「今度は頑張ろうな」とうちの監督は言った。大松監督なら選手を殴ったりはしないと思った。負けたことは悔しかったが、弱いチームを率いる優しい監督の下にいてほっとする自分がいた。

東京オリンピックの前の昭和三十二年、世界選手権に優勝した大松博文は帰国祝賀会で辞意を示し、これに同調して選手たちも引退を表明したという。その大きな理由の一つは、結婚適齢期の選手たちを解放してやりたいというものだった。もう一つは、犠牲にしてきた自分の家族を大切にしたいというものだった。日本中の人々が続投を署名嘆願し、彼はそれに応じて引退を翻したという。

今、体罰が大きな社会問題となっている。体罰か否かの違いは、選手の人格を尊重しているか否かによると思う。人としての尊厳を踏みにじれば、それが言葉によるものであっても体罰に等しいものであろう。

大松博文の夫人は述懐している。「夫はトレーナーと相談し、選手の体調を考えながら指導していた。それをサド呼ばわりされるのはひどい」と……。夫が鬼の大松と呼ばれることを最も嫌っていたのである。

鬼の大松（2）

物心がついたころから好きな言葉の一つに「なせば成る」がある。もとの言葉は「為せば成る、為さねば成らぬ何事も、成らぬは人の為さぬなりけり」。江戸時代後期、米沢藩主の上杉鷹山が家臣に詠み与えた教訓といわれている。

字面はよく似ているが、意味の全く違うのが『ならぬことはならぬ』という言葉。今年（二〇一三年）のＮＨＫの大河ドラマ「八重の桜」で俄然有名になった。以前は浅はかにも「なせば成る」と正反対の意味、つまり、あきらめの言葉かなと思っていた。ところがこれは全く違っていて、福島会津藩の藩士が幼い子弟への教育のために掲げた「什《じゅう》の掟」を締めくくる言葉だったのである。

「ならぬことはならぬものです」とは、おおむねダメなものはダメという意味であるが、一見不合理と思っても人として譲ることのできない一線がある、という意味合いを含んでいるようである。我儘《わがまま》な駄々をこねる子供をみる様で、少し安心できて温かい気持ちにはなるが、その裏に頑固に信念を守る気持ちと毅然とした決意を感ずるのである。

年齢を重ね、世の中の酸いも甘いも少しはわかるようになると、なるようにしかならないと思わざるを得ない場面に出くわすことも多い。事実、最近の世の中には一生懸命頑張っても成らない事が少なからずある。

「なせば成る」はいわば理想の言葉である。しかし、成らないからと言って「なるようになるさ」ではいかにも悲しい。やはり、眦《まなじり》をけっして『ならぬことはならぬ』と言いたい時がある。原発事故で今も苦しんでいる福島の人々の気持ちが、この『ならぬことはならぬ』に凝縮されているような気がしてならない。

鬼の大松（3）

二〇一三年九月八日未明、二〇二〇年夏のオリンピック開催が東京に決定した。これまで名古屋や大阪に招致しようとした事はあったが、どれもかなわぬ夢だった。しかし今年は違った。二度目のオリンピックを東京で開こうとする招致活動は一段と熱を帯びていた。ＩＯＣの委員が東京に来た時には、ロンドンオリンピックのメダリスト達がパフォーマンスを繰り広げ、当時の皇太子殿下も彼らを迎えられた。オリンピック招致の市民支持率も、四年前に比べると随分と上昇していた。

でもオリンピックってどこか変だぞ……、と思っていたのは私だけだろうか。

クーベルタン男爵が古代オリンピックの精神を受け継いで百年余り。子供のころ、オリンピックはアマチュアスポーツの祭典だった。しかし、宗教や政治が介入してきて、ある年には選手村で殺戮事件が起こり、別の年には出場ボイコットのため選手が涙をのんだ。最近ではプロの選手が出場するようになり、メダルを取れば賞金が出たり徴兵を免れたり一生の暮らしが保証されたりする。

選手たちは国際大会では国家を代表して名誉のために闘う。もちろん今もその姿勢に変わりないが、大きなお金が動いたり、薬物を使ったり、開会式がCGだったりすると、スポーツの祭典の裏にドロドロしたものがうごめいていると穿《うが》った見方をしてしまう。そんな事ばかり考えていると、招致活動も商店街の大規模な大売り出しに見えてくる。東北の人たちの中には開催決定を心から喜べない人もいる様である。

今からさかのぼること半世紀、一九六四年十月にアジアで初めてとなるオリンピックが東京で開かれた。十月十日は祝日となり、夢の超特急は東海道新幹線として現実となり、人が歩くことのできない高速道路が相次いで建設された。戦争で負けた日本が世界に追い付き追い越そうとする息吹を子供心に感じた。

大松博文は鬼と言われながらも厳しいバレーボールの練習を課して東洋の魔女達を

金メダルに導いた。闘う選手達はあの時と少しも変わっていないのに、一人ひとりを取り巻くオリンピックの目指すところは大きく様変わりしてきたように思う。彼や、彼について行った河西昌枝が生きていたら、二〇二〇年のオリンピックはその瞳にどう映るのだろうか。

鬼の大松（4）

大松博文は昭和を駆け抜けたバレーボールの名監督だと思っている。

この人の死因は心筋梗塞である。昭和五十三年、病魔が突然彼を襲い、五七歳の若さで帰らぬ人となった。医者になりたての私が循環器内科を志したのはこの訃報に接したからかもしれない。


心筋梗塞はその頃、大病だった。私は家族にこうムンテラ（医師が患者に対して、病状や治療などに関して行う説明）した。「心臓を養う血管が突然詰まり、血流が途絶えて筋肉がみるみる腐っていきます。いわば心臓のガンです。できるだけのことはしますがその点をお含みおきください。」

ガイドワイヤを使ったカテーテル検査がようやく始まった頃だが、急性心筋梗塞にそんな実験的検査は許されるはずもなく、ましてや管を通して薬を注入したり、血管を機械的に拡張させることなどもってのほかの時代。当時、治療の第一は絶対安静、つまりベッドに寝かせておくことであった。

もちろん、手をこまねいて見ていたわけではない。私たち研修医は徹夜で数時間ごとにＣＰＫの採血を行い、毎日のようにレントゲンを撮影して肺に水が溜まっていないかチェックした。昼も夜も心電図モニターを横目で見ながら抗不整脈薬を点滴に入れ、心臓が痙攣して意識がなくなれば経験のない者から順にカウンターショック（電気的除細動）をかけた。ある日、呼吸停止した患者に研修医がマウスツーマウスをして教官にこっぴどくしかられた。それから私たちはあらかじめ順番を決めて気管内挿管を試み、聴診器を当てて胃でボコボコという音が聞こえるとすぐさま引き抜いて次の者がやり直した。医者たちは汗びっしょりになって合併症を治そうと躍起になったが、根本的な治療法はなく、心筋梗塞で死ぬことはその人の運命と言われていた。

その後、三五年の間に医学は驚くほど進歩し、今では循環器の病院に入院することができれば直ちに血流を再開させることができる。それどころか、街なかで倒れても通りがかりの人がＡＥＤを使えば息を吹き返す時代となった。働き盛りの多くの人々の命を奪った心筋梗塞で亡くなることは、現在では殆どない。

心温かだった大松博文が今ここにいれば、命を落とすことなく元気になって、魔女達を相手に回転レシーブの練習を再開したに違いない。

夢の超特急

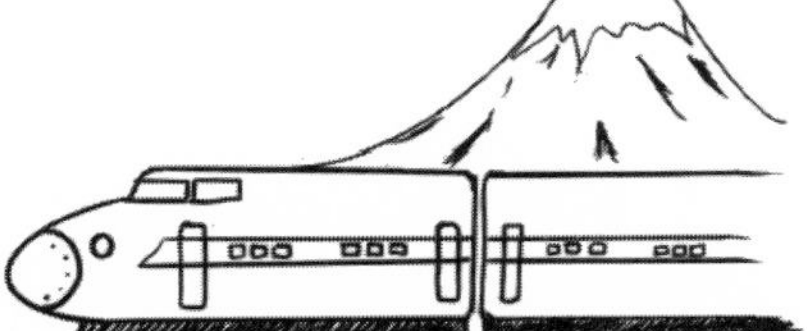

夢の超特急

今年（二〇一四年）、世界初の高速鉄道、東海道新幹線は開業五〇周年を迎える。新幹線ができる前は、朝早く大阪を出発しても日帰りで東京から帰るのは深夜になった。建設のための突貫工事が行われ、やっと東京オリンピックに間に合った昭和三十九年一〇月一日、夢の超特急と言われた東海道新幹線は現実のものとなった。三時間余りで東京大阪間を結び、人々は皆その速さに驚嘆した。

そんな事は百も承知だと言われそうである。しかし、新幹線の線路を最初に走ったのが「ひかり」ではなく阪急電車だった事をご存じだろうか。

京都－新大阪間の新幹線の建設と同時に、並行して走る阪急京都線の高架化工事が始まった。しかし開業前年、新幹線の高架軌道が先に完成したために数ヵ月間阪急は新幹線の軌道を借りて走ることとなった。双方の高架化工事が終了すると阪急は元に戻り、新幹線開業とともに「ひかり」が国鉄の高架軌道を走るようになったのである。両軌道とも高速運転に耐えられる標準軌道であったが故のなせる技であった。

話は飛ぶ。

先日、富士山が世界遺産に登録された。日本人にとって新幹線の車窓から美しい山を見るのは大きな楽しみである。しかし、ある時期、絶対に富士山の見えない車両があった。それは海側にあった食堂車。山側に窓がなかったために、静岡から三島付近を通過する際にうっかりここで食事でもしていたら霊峰富士を見損ねたのである。

話をもどそう。

今、私たちは新幹線なしでは移動できない。東京—新大阪間二時間二五分、夢の超特急はもう無くてはならない当たり前の現実となっている。さらに今年度中にリニアモーターカーによる中央新幹線が着工されるという。最高速度五〇〇キロ毎時以上、東京—大阪間を一時間ちょっとで結び、二〇四五年に開業予定である。

三〇年後、私がリニア新幹線のスピードを実感し驚嘆する事はないかもしれない。

だが近い将来、子や孫たちはまたつぶやくことになるであろう。「狭い日本、そんなに急いでどこへ行く……」

夢の超特急（つづき）

今は宝塚を中心として関西に住んでいる。しかし、物心ついた中学生の頃や多感な浪人時代は関東に住んでいた。その関係からか、若いころから事あるごとに東海道新幹線で東京と大阪や神戸を行き来していた。

はたち前後の頃は隣に若い女性が座ると新幹線がバラ色の列車に変わり、何かわざとらしいきっかけを作っては話しかけたりした。ビジネスマンや年配の人が隣に座った時は、もっぱら外を流れる田園や雄大な山々に目をやっている事が多かった。新幹線の中で寝ることなど、その頃は考えもしなかった。

それが宝塚に住むようになった三〇代後半ごろから、車内検札を済ませると待ちかねたように缶ビールを一本空けてしまう。するとすぐ深い眠りに引き込まれる。当直明けの休日などは心地よいチャイムとともに「次は新横浜です」という車掌のアナウンスで目覚める。続いて同じ意味の言葉を録音された女性の流暢な英語が繰り返す。飛行機だと時々噛んでしまうものの生の女性の英語が聞けるのだが……、と思いながら降りる支度を始める。

眠れないのは、同じ車両によく泣く赤ちゃんを連れた家族連れがいる時と、新大阪駅から黒いスーツを着てサングラスをかけた面々が乗り込んできた時。そんな時は新幹線が鈍行列車のように感じられて、何故よりによってこの席に座ってしまったのかという後悔にさいなまれる。

今はないが二階て建新幹線の個室に乗った事がある。個室は必ず一階ときまっている。走っている時はよいのだが駅に停車するとホームの人々の下半身しか見えない。という事は、ホームからのぞくと口を開けてよだれを垂らしながら爆睡しているおっさんが見えたに違いない。

夢の超特急

新幹線を利用していると色々な人に出会う。

新神戸駅で乗る時、目深に野球帽をかぶったイチローが降りるのとすれ違った。東京からの最終列車では鶴瓶や桂三枝と乗り合わせた。通路を挟んだ隣の席で、三枝は椅子を四人掛けにして足を伸ばしたまま熟睡。

数年前、屈強な大男をひきつれておぼつかない足取りで一時間ごとにのぞみの通路を行き来する老人にも出会った。よく見ると海部俊樹だった。

東海道新幹線……それは僕にとっていつまでも夢の超特急である。

く・る・ま

く・る・ま（1）

車を利用した最初のかすかな記憶は、父と一緒に乗った人力車だった。どこかの港で船を降り、汽車の駅に向かう途中だったように思う。

次に車に乗った時の記憶は鮮明である。タクシーの後部座席から父が身を乗り出して運転手さんに「その角を左に曲がってください」と言ったことがはっきり耳に残っているからだ。ひだりがどちら側か、その時初めて知った。だから、お茶碗は左、お箸は右と教えられる前から僕には左右の区別ができていた。

母にちくわを買ってくるよう頼まれ、「すみません、くちわください」としか言えず、お使いに失敗したころの話だから随分昔の事。

小学校低学年のころは三重県の田舎にいた。だから、自動車にはとんと縁が無く学校へは歩いて通学した。舗装されていない土の道に絵を描いて友達と遊んでいたが、クラクションを鳴らされて慌ててよけることなどなかった。

自動車に乗るのは、山を一つ越えてたまに町に買い物に行く時くらい。僕は父母にはさまれて後部座席にちょこんと坐って行く。でも曲がりくねった山道の下り坂では決まって気持ちが悪くなり、止めてもらっては道端で吐いた。介抱してくれた運転手さんの顔がどうしても思いだせないのは、その時それどころではなかったからだろう。

嬉しくない思い出は自動車だけではない。ある時、近所のお兄ちゃんに自転車の後ろに乗せてもらった事があった。僕を乗せて数メートル走ったところで、彼はふらふらとコントロールを失い路肩の水田に突っ込んだ。泥だらけになった僕は泣きじゃくりながら歩いて家に帰った。それ以来、自転車の荷物台に乗ることも嫌いになった。

幼い少年にとって、自動車であろうと自転車であろうと、後部座席に乗せてもらうことは苦痛だった。「よかったら乗せてあげるよ」と言われただけで、すぐにおなかが痛くなったものである。

く・る・ま

今、僕は街中で往診するとき、後部座席のない二人乗りの小さな車に乗っている。宝塚のいりくんだ狭い道路を走るにはとても便利なのだが、考えてみると幼いころの出来事がトラウマとして残っているのかもしれない。

く・る・ま　（2）

小学校四年生の時、僕は徳島県にいて、生れて初めてバスで通学した。

その頃のバスはボンネットが前に突き出しているタイプで乗降口が真ん中にあり、車掌の綺麗なおねえさんが切符をきっていた。バスは黄色の徳バスと白の市バスの二種類があったが、僕は後者を利用。家の近くの停留所から徳島駅を経由して四国放送のビルを横目に徳島城の脇を過ぎて小学校に通う。

朝のラッシュ時には客がぎっしり詰まっていて昇降口近くでは身動きが取れない。内側に二つ折れする手動のドアが開かないので、途中の停留所では降りる人がいないとそのまま満員通過してしまう。通過する方はいいが、される方はたまったものではない。仕方なく一台やり過ごして次を待つのだが、学校に遅れないために家を十五分ほど早く出るのが習慣だった。

混雑したバスの中で僕は痴漢とおぼしき人にであった事がある。いや、あれは確かに痴漢だった。

朝の通勤客に交じって一人半ズボンを穿いた男の子が混じっているのが格好の獲物に見えたに違いない。はじめ、後ろから手を押しつけてくるのは混んでいるためだと思っていた。ところが指先が半ズボンの裾に入るや否やパンツにまで到達し不穏な動きをする。男だろうか？　女だろうか？　怖くて体が硬直してしまい声も出せず振り向く事も出来ない。僕は、バスが停留所に着くや否や脱兎のごとく逃げた。

ここ三〇年以上はバスに乗ることなどめったにない。その代わりに混んでいる通勤電車に乗ることが多い。「この人、痴漢です！」などと女性に叫ばれでもしたら人生が終わる。だから立っているときは必ず右手に何か鞄のようなものを持ち、左手は吊り革を持つ。座っているときは誰もが見えるように集合写真さながら両手を軽く握って膝の上にだしておく。

自意識過剰と言われそうだが、僕は自己防衛だと思っている。あらぬ疑いをかけられることがあっては絶対いけない。

世の中にはいろんな人がいる。それは昔も今も変わらないと思うからだ。

く・る・ま（3）

我が家で初めて自家用車を購入したのは、僕が神奈川県に住んでいた小学校五年生の時で、トヨタのパブリカだった。後部座席が狭くて大人が乗れないミニカやキャロルでもよかったが、車輪が三つしかないミゼットはいやだった。

父は冬になるとやかんに湯を沸かしてフロントガラスにかけ、凍りついた霜を溶かす。チョークを何回も引っ張ってはエンジンをかけて車を始動。エンストしない様にクラッチをつなぎおもむろに出発。だが、乗る前の点検を怠ると坂道を長く登った時に水温が上がりエンジンがオーバーヒートする。

ある時、箱根の坂を上っているとボンネットから白煙が噴き上がり、父は慌てて車を路肩に止めた。本当は蒸留水を足さないといけないのに、得体の知れない液体を急場しのぎに補充して何とか走っていた。子供心のあいまいな記憶だが、その液体は確かウイスキーだった気がする。

助手席の僕は、鉄の塊を自由自在に操る父を尊敬していた。でも、時々いただけない姿に出くわすこともあった。舗装されていない土道で通行人に泥水を跳ね上げ、ペコペコ頭を下げてハンカチを取り出し汚れた上着やズボンを拭いている姿。繁華街の真ん中でエンストし、後ろから来た路面電車にけたたましく警笛を鳴らされてますます焦っている姿。気持ちよく国道を走っていて思わず白バイを追い抜いてしまい警官にスミマセンと謝っている姿、等々。

ある日、頭から冷や水を浴びせられたような事件が起こった。父が追突されむち打ち症になって入院したのだ。ひどい頸椎《けいつい》捻挫で上肢が痺れるのだろう、見舞いに行くと頸を固定するカラーを装着してベッドに横たわっていた。

それから暫くして、車にヘッドレストやシートベルトがつけられ、エアバッグが開発された。ナビのおかげで、助手席から右や左や指示して運転手とけんかすることもなくなった。パンクしないタイヤができ、警告音とテレビモニターで簡単に縦列駐車ができる。衝突しそうになると勝手にブレーキがかかる。

交通事故死者数は昭和四十五年に一六〇〇〇人以上。それをピークに減り続け四五〇〇人を切った。

現代は、自動車に乗っている人を守る時代から、乗っていない人をも守ろうとする時代になった。実にすばらしい事ではないか。

く・る・ま（4）

乗り合いバスに乗って一時間近くかけて神奈川県の鎌倉へ越境通学していたのは小学校六年生の時だった。手塚治虫も越境して大阪に通学していたというから、昔はよくあった事のようである。

行きは小学校に一番近い鶴岡八幡宮入口のバス停で降りるのだが、帰りは境内を通りすぎて鎌倉駅まで歩きバスに乗る。何故わざわざ駅まで歩くのかと言うと、駅前の繁華街に本屋さんがあったからだ。

辺りに客のいない時は、大人の人がみる週刊誌のコーナーで口絵や写真をそっとみる。見てはいけないページに出くわすと慌てて本を閉じる。生唾を飲み込む音を他人に聞かれない様にして目線を参考書の棚に移す。お目当ての参考書が無かった様な顔をして本屋を出ると、映画館の立て看板が目に飛び込む。下着姿の女の人がほほ笑んでいる。「月曜日のユカ」というタイトルである。僕はみて見ぬふりをしてダッシュで帰りのバスに乗った。

今から思うと越境がばれないようにという親の配慮があったのであろう。帰りは自宅のずっと手前のバス停で降り、両親が借りてくれていた小さな家に帰って母が迎えに来るのを待つ。月一回の担任の家庭訪問日だけは母がその家に来ていて、普段からさも住んでいるように振る舞った。だが、それ以外の日は毎日カギっ子だった。

ある夕方、いつも来るはずの母が迎えに来ない。あたりが暗くなり心細くなった僕は、ひとりバスに乗って自宅へと向かった。自宅前の停留所が近づいたので降りようとしたら財布がない。ランドセルをひっくり返して探したが何処にもない。底の方に一〇円切手があったので、「すみません、これで……」と差し出すと、車掌のお姉さんは無造作にビリッと破いて切符入れの箱に放り込んだ。

真っ暗のバス停に降りたつと母が待っていてくれた。聞けば仕事から帰った父が今さっき慌ててタクシーで迎えに行ったと言う。なぜか涙があふれてきて、目を何度もこすりながら母に手を引かれて自宅へと向かった。

何故あの日母は迎えに来なかったのだろう、何故あの日だけ家に自家用車がなかったのだろう。何故切手でバスに乗れたのだろう、何故車掌さんはそれをちぎったのだろう。そもそも何故、越境していたのだろう。

今も忘れることのできない不思議な一日であった。

く・る・ま（5）

自動車の免許を取るのは自分が大人になったような気になって気分がよい。僕は大学に入学すると同時に運転免許証獲得作戦を敢行した。

昼は大学に行くことになっていたので、まず、自動車教習所の夜間コースに入った。そこでの講義は大学に負けず劣らず実につまらないもので、車の構造や法規に関するものがほとんどだった。僕は眠気をこらえながら教習所の単位をコツコツと取っていった。

ところがある日、何を思ったのか無性に早く免許証が欲しくなって、明石の公安委員会に直接試験を受けに行った事がある。路上試験ではコースをあらかじめ暗記しておいて、そのとおりに交通法規を守りながら正しく走行しなければならない。試験一回目、発車する時は右に方向指示器を出し、振り向いて後ろの安全を確認して出発。だがこの時「右よし」と言わなかったので数メートル走って同乗警察官に不合格を宣告された。

二回目も三回目も四回目も、コースを間違えたりエンストしたり、一旦停止位置をわずかに行き過ぎたりして不合格。路上試験はほとんどいじめの世界で、一発合格させる気などさらさら無いように感じられた。四回目に帰りなさいと言われた時、僕はついにあきらめて自動車教習所でコツコツと残りの教程をこなすことにした。

三ヵ月ほどしてついに待ちに待った卒業試験の日がやってきた。助手席に教官が、後部座席に公安委員会の担当警察官と次の受験生が同乗する。

僕の前の女子大生はほぼ完ぺきな運転走行で合格間違いなしと思われた。だが終了直前に路上にあった青いゴムホースを車輪で踏んで不合格。「誰や、ここにホース置いた奴！」と彼女は泣いていた。

次は僕の番。クラッチを慎重につなぎ、阪急電車の車掌さんの様に大声を張り上げて安全確認した。そして何とか最後まで走り抜いて合格した。

かくしていじめの世界からやっとの思いで脱出し、念願の運転免許証を得た。ぎらぎらと輝く太陽がまぶしい、とても暑い真夏の日だった。

く・る・ま

く・る・ま（6）

ブルーのマークⅡ。僕が大学生の時、親父が乗っていた車だ。親父は車を使うことはめったになく、平日はさも自分の愛車のようにもっぱら僕が運転していた。ただスピード違反は犯罪者になった様であまりいい気分ではない。

一度目は初心者マークがやっと外れたころ。僕は青信号に代わると同時に気分よく脇道から43号線に飛び出した。その道は神戸と大阪を結ぶ大動脈で、六車線もあり制限速度は六〇キロだった。五〇〇メートルほど走ったところでバラバラと二、三人の男たちが行く手をふさぎ赤い大きな旗を振って端っこに寄れという仕草。ネズミ取りである。警官が何やら79という数字のでた金属の箱を見せスピード違反だという。頭の中が真っ白になり、ドキドキして口から心臓が飛び出しそうになった僕は言われるままに署名した。

く・る・ま

二度目はバブルのころ。中国自動車道の緩やかな下り坂で制限速度を守っている茶色のベンツを追い抜いた。するとバックミラー越しに天井にちかちか赤色灯を付けたその車が猛スピードで追いかけて来るではないか。覆面パトカーである。「外車が覆面とは思わなかっただろう」と警官が得意げに言った。

三度目はついこの間の日曜日の朝。宝塚駅の高架をくぐった途端、男が道をふさいで笛を吹き、赤い旗を振り横に寄れという仕草。助手席に乗っていた妻に助けを求めたが彼女は素知らぬ顔。しぶしぶ車を降りると警官が金属の箱にでた数字を見せて「お急ぎだった様ですね、ハイ、スピード違反」と言う。

駐車違反もよくやることであるが、大抵の場合僕が悪いので納得がいく。ただ生れてこの方どうしても納得できない事が二回ある。

一回目は自分の学生時代。場所は京都。みんな道路の左側に整然と駐車しているのに、僕のくるまだけ「駐車禁止なので最寄りの駐在所に出頭するように……」と張り紙を貼られている。交番に怒鳴りこんだ僕に警官がやさしく言った。「あなたの車だけ逆向きでした。右側駐車は違反です。」

二回目は娘の大学生時代。場所は大阪。ある日、府警から駐車違反罰金の通知が来た。僕には身に覚えのない冤罪である。娘に聞くと、「確かに駐車違反したのは私。だけど運転者が特定できない場合は所有者に罰金通知が送られるんよ」と真顔で言う。警察に怒鳴りこまなくてよかったと胸をなでおろした。

車の性能はこの四〇年間に格段に進歩した。だが、僕と警察との攻防は昔も今も変わらず続いている。

く・る・ま（7）

どこの世界でも先輩は後輩たちに説教を垂れる。学ぶことも多いが、いい加減にしてほしいと辟易《へきえき》する事もある。説教ならまだいいが自慢話となると初めはニコニコ顔で聞いていてもだんだんその笑顔がひきつってくる。

昔、先輩から聞いた話。
三木の田舎道。ビールを一杯飲んで、猛スピードで走っていると検問にひっかかった。「お兄さん、いい気持ちでスピード出してましたね。おや、六人も乗っておられるようですね。すみませんが定員オーバーで一点減点の切符切らせてもらいます。」

さらに猛者の先輩から聞いた話。
阪神高速3号神戸線の料金所を入った途端、飲酒検問で停車させられた。金属の筒を思い切り吹けという。フーッと吹くと赤いランプが点灯。緑にならなかったので彼は観念した。が、助手席に置いてある白衣に目をとめた警官は一言「お仕事中ですか？　ご苦労様です。安全に気を付けてお帰り下さい。」

もう一つ、猛者の先輩から聞いた話。

新神戸トンネルを制限速度の二倍位で走っていたら後ろから赤色灯とサイレンの音。停車を命ぜられた彼は、運転席の窓を開けるや否や警官に一喝。「何故止める、患者が死にかけてるんだ、先導せよ。」警官は敬礼してパトカーで先導したという。

現代では絶対に許されない、眉がつばでベトベトになるような話の数々。鬼の首を取ったように話す先輩も先輩だが、そんな時代もあったのかなぁと嬉しそうに聞く方も聞く方である。少なくとも僕はそんなおいしい場面に出くわしたことは一度もない。

今の僕はどうなのかと言うと、交差点の止まれの白線では必ずブレーキを踏み左右を確認しておもむろに発進している。でも稀に、隠れていた警官に笛を吹かれ「停止線を五〇センチ越えていたので一旦停止義務違反です」と切符を切られる。
現実は厳しいのである。

いざ外国へ

いざ外国へ（1）

一ドルが三六〇円という固定相場が無くなった頃、僕は生れて初めて出張で外国に行った。台湾の台北、アジア太平洋心臓会議（APCC）である。

外人のスチュワーデスに話しかけられたら「ビーフプリーズ」と返事すると決めて飛行機に乗りこんだ。数時間のフライトの後、いざ出陣とばかりに空港に降り立った。日の丸を背負っているような気持でいささか興奮していた。

大通り以外は舗装されておらず、やたらと自転車の多い事に驚いた。周りはすべて外国人だったが、何故か年配の人たちには日本語が通じた。顔もどこか日本人に似ていてホッとした。

ホテルの玄関を入るとすぐ布袋さんのような巨大な木の置物が目に飛び込む。部屋にはバスルームが付いていたが湯は出なかった。

翌日、会議場に入るとネクタイを締めた鼻の高い欧米人がひしめいていて、ここでは全く日本語が通じない。みんな流暢な英語で会話していると思いきや、耳を澄ましてみるとどこの国か解らない訛った英語をしゃべる人もいる。僕も必死にしゃべったが、相手の言う事は半分位しか理解できなかった。

会議本番。

僕にプレゼンの順番が回ってきた。心臓が口から飛び出しそうにドクンドクン打っていたが、徹夜で暗記した英語の文章を何事もなかったように平然としゃべった。終わった途端、予想外の展開が待っていた。

一人の米国人が手を挙げて質問したのだ。僕はその人が教科書のように愛読していた"*CLINICAL HYPERTENSION*"の著者、テキサスのNorman Kaplan（ノーマン・カプラン）教授であると解った。当然向こうは僕の事を単なる東洋の若造としか思っていない。突然のことで何を訊かれたのかよく理解できなかったが、僕は知っているかぎりの英語を並べて答えた。彼はその回答に圧倒されたのかしきりに頷いて、頸《くび》を横にふりながら席に着いた。

何を質問されても「サンキュー」としか答えず、堂々としていた先輩。

高血圧ラットへのマグネシウム投与実験でディアレアはなかったかと訊かれ、どこのエリアから来たのか、と勘違いしたドクターは、「ジャパン」と答えた

国際学会での質疑応答は気合だとこの時思った。

いざ外国へ（2）

生れてはじめて仕事で台湾に行った僕は、外国だというのに日本語が通じるので結構街中では強気になれた。

仕事の合間に高砂族のいる山奥に観光に行った。しかし田舎の若い女の子には言葉が通じない。困った僕は、はたと思い付いて紙に漢字を書いた。するとその子は嬉しそうに漢字を書いて返事してくれた。

それを話すと、友人は「おれなんか一人で電車に乗ったよ」「散髪屋へも行ったよ」と言う。彼は「ここでは自分たちと同年代以上の人たちとは日本語でコミュニケーションできるのだよ」と自慢げに言う。

台湾の成人だと日本語が解り、若い人でも筆談で意思を通じあうことのできた三〇年ほど前の話。

一般に言葉が通じなければお互いに理解しあうことはなかなか大変である。特に、昔は変に日本人が外国人に劣等感を抱いているような気がしていた。普段使っていない言葉をぺらぺらと話す外国人には恐怖感すら覚えたものである。それは子供が交番の警察官に畏怖の念を抱くのに似ている。

こちらは何も悪いことをしていないのに……。

いかつい制服を彼が身に着ているだけで……。

もっと昔は外国にでかける時には盛大な送別会があり、餞別を渡していたものだと父母に聞いたことがある。万歳三唱に送られながら「いざ外国へ行ってまいります」と、日本人にとっては決死の覚悟が必要だったようである。

僕がまだ幼い頃、社会科の勉強をしていると祖母が「イギリスって何処？」と聞いてきたことがある。僕が地図で教えてあげると「へえ、こんなに小さい国」と驚いていた。

彼女は大英帝国が世界の半分以上を占めていると思っていたようである。

いざ外国へ（3）

飛行機に乗るのが嫌だという人は今でも多い。墜落したら怖いというのが主な理由だという。若い人より年輩の方に多いようだ。私の先輩などは仙台へ行くのに新幹線を乗り継いで行く。ジェットなら一時間少しで着くものを、半日以上かけて行くのである。

確かに大きな鉄の塊が、命綱もつけずに空を飛んでいるのは何か不思議な気がする。一九八〇年代はおおきな飛行機事故が日本で相ついだ。

着陸寸前で逆噴射して羽田空港沖に突っ込んだ日航機、ソ連の領空を侵して撃墜された大韓航空機。そして忘れることのできない一九八五年八月の日航１２３便の御巣鷹山墜落事故。

雫石上空で自衛隊機と衝突した全日空機事故から一〇年以上大きな航空機事故はな

かったのに……。

僕も米国で死にかけたことがある。

その日、アメリカン航空の国内線で左の主翼の少し後ろの席に座っていた。離陸したあとボーッと窓の外を見ていると突然異様な光景が眼に飛び込んできた。

左のエンジンから煙が出たのである。機長が機内放送で何か説明しているが早口の英語で理解できない。周りを見ると屈んでいる人、何かボールペンで書きとめている人、十字を切っている人など様々である。英語が聞き取れない私は、エンジンが全部止まってもグライダーのように滑空できるだろうと呑気なことを思っていた。

ジェット機は煙をはいたまま今飛び立った空港にもどり、無事着陸した。エンジンが止まると同時に乗客の間から大きな拍手が沸き起こった。米国人のスチュワーデスが嬉しそうにアメリカン航空の次回搭乗時の割引券をくれた。

何故、飛行機が怖いのか。板一枚下は地獄だからか。

否、赤の他人に自分の命を預けているからに違いない。

いざ外国へ（4） ラスベガス編

米国の学会に参加した事がある。僕の仕事は部下が外国人の前で発表するのを傍らで冷や冷やしながら聴くことである。部下は英語の原稿を棒読みしているくせに十数秒に一回は噛む。終わってほっとしたとたん外国の人から英語で質問をされた。いたたまれない沈黙がしばらく流れた後、部下の口から出てくる言葉は大抵決まっている。

「ソーリー、アイキャンノットフォロウユー」

仕事の合間の息抜きにラスベガスへ行き、グランドキャニオンを空からみるツアーに参加した。屈強なベトナム帰還兵がパイロットを勤めるセスナに搭乗。客は我々を含めて六人、定員は六人だった。晴れ渡った空を飛行機が飛ぶ。

しかし乗客の僕達は機がガタガタと揺れるたびに、緊張で足が震え景色を観るどころではない。パイロットが大声で説明するが何の事だかさっぱり解らない。何とかもとの飛行場に着陸したが冷や汗でびっしょり。降りた後、大枚はたいて乗り込んだ僕達にセスナツアー終了の証明書が配られた。

それではとホテルに戻りギャンブルで一山当てようとした。色々迷った挙句、ブラックジャックというカードゲームのテーブルについた。胴元の美しい外人女性と客三〜四人の勝負で合計が二一に近いものの勝ちである。最初は勝っていたがだんだん負けがこんできた。するとディーラーの女性がインシュアランスをどうするか訊いてきた。その意味がどうしても理解できず、知ったかぶりをしてノーサンキュウと答えた。その結果かどうか定かでない。その後、僕達は時差ボケで頭だけは冴えていたものの、勝負には負け続けたのである。

朝の四時頃、予定のお金を使い果たしたので部屋に戻って寝ることにした。部屋を開けようとして鍵穴に鍵を差し込んだとたん、それがぽきんと折れ鍵穴にぴったり詰まってしまった。途方に暮れた僕は係の者をたたき起こし、部屋に入れなくなったと訴えた。『部屋に入れない！』『鍵が潰れた！』『何とかして！』と必死に叫ぶが彼はきょとんとするばかりで一向に直そうとしない。
ふとポケットを探ると二〇ドル紙幣があったのでゴソゴソととりだした。それを見た彼はニッコリしてすぐに直してくれた。随分高い修繕費だと思ったが、僕は笑顔で言った、『サンキュウベリマッチ、サー』。

ラスベガス、渡る世間は金ばかり。

いざ外国へ（5）ダラス編

今はよく知らない。

でも、少なくとも二〇年以上前のアメリカは僕にはとても恐ろしい国だった。

ダラスの巨大空港に降り立った僕はタクシーに乗ってダウンタウンのホテルへ行った。夜も更けていたので、ホテルの近くの軽食もとれるバーでサンドイッチをつまみビールを飲んでいた。

突然、入り口から三人の制服警官がばらばらと突入し、何か叫びながら客の黒人男性にピストルを向けた。僕は修羅場を想像したが、居合わせた人達はいたって冷静で、件《くだん》の客もおとなしく手錠をかけられ連行された。パトカーがけたたましいサイレンを響かせながら遠のいていく。

気を取りなおして翌日ダウンタウンのデパートに行って買い物をした。僕は肩幅が広く腕が長いので、日本では体に合う既製服がない。ところがアメリカの服は既製品でも僕の体型にぴったり。

気に入った茶色の革ジャンを購入し、細かいのが無かったので一〇〇ドル紙幣を店員の女性に渡した。しかし、なかなかお釣りをくれない。アメリカ人は引き算が苦手なのかなと暫く待っていた。すると背が二メートル以上ありそうな屈強な男に脇を抱えられ別室に連行された。

三〇分ほどして別の男がニコニコしながら商品とお釣りを持ってきた。偽札か否か、検査していたとのこと。カードを持たず、一〇〇ドル紙幣をレジで出す人などアメリカ人にはいないようである。

ダラスでいろいろ勉強させられた僕は、それから小銭と小額紙幣を持ち歩くことにした。次の夜、買った革ジャンを着てポケットにお金を握りしめてホテルを出た。昼間と違い町は暗く静まり返っている。少し怖くなったので引き返そうとすると向こうから大きな黒人が二人来るではないか。ここで走って逃げては大和男子の名がすたる。僕はその道の左端により、相手は反対側の端によったまま歩き続け、お互い目を合わすことなく何食わぬ顔ですれ違った。

そのことを友人に話すと、「日本人は空手や柔道の達人ばかりとアメリカ人は思っている。向こうもお前が怖かったに違いない。」と笑われた。

そんなこともあり、今でも何となくアメリカは恐ろしい国である。

いざ外国へ（6）ワシントン編

自動体外式除細動器（ＡＥＤ）は、それがあれば何処でも何時でも誰でも使ってよい。まさに死にかけたヒトを救うことができる。今では子供用のＡＥＤパッドが認可され、一歳以上の子供なら使用できる時代となった。

アメリカ心臓病学会議（ＡＨＡ）がワシントンで開かれ、参加したことがある。随分昔の話だ。会議に出席するために、著名な教授たちも私達下っ端の医者もみんな同じ飛行機に乗ってワシントンに向かった。

到着するにはまだ一時間以上あろうか、スチュアーデスが突然叫んだ。「お医者様はいらっしゃいませんか？　心臓発作で倒れたお客様がいますので……」。僕を含めて二、三人が手を挙げた。心臓の専門医はもっとたくさんいるだろうに、と思ったがとりあえず倒れた乗客を診に行った。外人の男の人で、胸の苦しみも徐々に治まり血圧や脈拍も正常。本人も「もう心配ない」と言うのでこちらもほっと胸をなでおろして席に戻った。

問題はその後であった。係の外人が来て、今あった事をすべて報告書にして出せという。何ページにもわたるチェック項目と所見の記載をするだけでなく、最後に僕の国籍、所属、住所等々とサインをする場所がある。心電図のひとつも撮らずにどうやって診断するのだろうと思いながらすべての項目を一時間近くかけて埋めた。

ほとほと疲れ果てた僕は報告書を提出した後、とぼとぼとタラップを降りた。みんなが手を挙げなかった理由がわかったような気がした。

今思うと、もしあの時、あの乗客が心筋梗塞で心室細動をおこしていたら助けることはできなかったろう。旅客機内でAEDが搭載されたのは一九九〇年代、日本では二〇〇一年を過ぎてからだという。

タレントの松村邦洋が一命を取りとめたのは東京マラソン二〇〇九だった。救急車内でAEDが故障により作動せず、男性が死亡するという事故があったのはその翌年であった。

命を救えるかどうかには運不運がある。
しかし、医学の進歩により幸運の割合は確実に増えている。

いざ外国へ（7）　マイアミビーチ編

生まれて初めてアメリカ本土に行ったのは三〇年以上前の秋。先輩の教官先生や教授のお偉方と一緒である。マイアミビーチは太陽の光がぎらぎら降り注いでいたが、思いのほか風が頬に心地よかった。

心臓カテーテルを教えてくださったF先生。

わらじのように大きなステーキを一口食すと、あとはノーサンキュウを繰り返すだけで一切喋らなくなってしまった。よほど大味で彼の口に合わなかったらしい。タバコをふかしながらアメリカでは食うものが無いと怒り、一週間後に帰国するころには五キロ減量したと自慢げに語った。

欧米の心臓病学に造詣の深かったK先生。

君たち行ったこと無かろうとタクシーに乗りマイアミのナイトクラブ〝プッシーキャット〟へ。目の前の小さなテーブルに乗って腰をくねらしながら綺麗な女の人が踊る。K先生がさかんに僕に目配せをするが意味不明なのでキョトンとしていると、彼は財布からお札を取り出し女の人のパンツに挟んだ。「ナルホド」

大騒ぎした我々が、そろそろ帰ろうと出口に向かうと一人の外人がビールを飲んでいる。よく見るとここまで乗せてきてもらったタクシーの運転手さん。K先生は僕たちに言った。「こんな所にくる時は必ずネイティヴスピーカーを味方につけておくのだ。僕はお金を払って今まで彼をトリートしていたのだよ」と……。「ナルホド」

外人の前では寡黙になろうが饒舌になろうが構わない。
外国へ行ったら萎縮しようが大胆になろうが構わない。
ただ、日本人として計算だけはしっかりしておきなさい。
先輩たちは外国へ行く時の心得を無言で僕にそう教えてくれたように思う。

吾輩は犬である

吾輩は犬である（その壱）

吾輩は犬である。

名前はピッチという。ご主人様の息子が子供のころ野球の投手をやっていて、適当についた名前である。捕手ならキャッチになっていただろう。犬種はダックスフンドのワイヤーヘアで色は白黒、瞳はブルーだが最近少し濁ってきた。歳は一〇歳を越えた。

体型はお世辞にもかっこいいとは言い難く、胴が長く、足は極端に短い。ご主人様と歩いていると、小学生の女の子が寄ってきて「ワア、かわいい」と口々にお世辞を言う。ダイエットをしているせいか、おなかが地面に触れることはないが少し油断すると擦って歩けなくなるだろう。ご先祖様が土を掘って穴に入ることを生業にしていたことからこんな短足胴長の体型になったそうだ。生まれた時からこの体型だったのでもうあきらめている。

親の顔は知らない。たぶん、親も犬だったろうが定かではない。と言うのも、生まれて一ヵ月で親元から引き離されたからである。

歩くこともおぼつかなく、ご主人様の手のひらによく載っていたようである。眼はあまり見えなかったが、最初は鉄格子の様な七〇～八〇センチの柵に入れられていて、そこから出たくてピョンピョン飛び跳ねていた。体の三分の一以上が柵から跳び出るようになった生後二～三ヵ月の頃、危険防止のためようやく檻から出されて自由の身になった。

時々、思うことがある。吾輩は本当に犬だろうか？

食べたり飲んだりもできる。笑ったり怒ったり怖がったりもする。ご主人様や周りの人達が何を言っているのかよく解る。ただ一緒に話すことはできないので少し不満が残る。

二〜三ヵ月に一回は散髪に行く。原則的には一年中裸だが、夏はクーラーが効いているし冬は暖房がほのかにかかっているので苦にならない。

夜は人間の布団に一緒に寝ているし、昼は自分の部屋のソファーで寝る。まあ、寝るのが仕事みたいなものである。

言い忘れたが、吾輩の性別は女である。

吾輩は犬である（その弐）

散歩は我輩の重要な仕事のひとつである。

吾輩は生まれたときから家の中で暮らしている。普段はご主人様もその奥さんも仕事をしているので、自分で外に出ることはかなわない。悲しいかな、玄関には鍵がかかっていて、手が届かないので開けることはできない。届いたとしてもグーの手なので鍵を開けることができない。

時折、忘れたころにご主人様が散歩に連れ出してくれる。そんな時は外の空気を吸いたくて、玄関でピョンピョン跳ねながら早く出たいとアピールする。しかし、一歩でも門を出るとすぐ帰りたくなる。というのも、外界では犬が多くて恐ろしいからである。

吾輩は犬である

吾輩は犬のくせに犬が大嫌い。のしのしと歩く巨大な犬がいるかと思えば、我輩より小さいくせに飛び掛からんばかりにキャンキャンとけたたましく吠えついてくる奴がいる。その犬が道の右にいれば、我輩はできるだけ左によって足早に通り過ぎる。何事もなかったような顔をしてすれ違うのだが、内心はドキドキで尻尾は後ろ足の間に巻いている。向こうの親が「この子、うるさくてスミマセン」とリードと呼ばれる胴輪をひっぱって謝る。こっちはそんなことはどうでもいいので頼むからリードを離さないでほしいと思い、早くどこかへ行けと願う。

ご主人様は運動のためと称して階段や坂を登り、最低一回に三〇～四〇分は歩く。いい迷惑である。

思えば若いころはご主人様と一緒なら怖いものなどなく平気だった。我輩が逆にリードを引っ張っていろんな所に行こう行こうと催促したものである。尻尾をまっすぐ上に立てて歩く我が青春時代は、まさにトラの威をかる犬。

ところが最近は、散歩中に曲がり角に来ると自宅のある方角にリードを引っ張って何とか帰ろうとする。よる年波には勝てず、そんな時はいつもご主人様の強い力で引き戻されてしまう。家につくころには苦しくてめいっぱい口をあけて舌を出し、ハァハァと大きな息をする。足の裏を拭いてもらうと一目散に部屋に駆けて行き、とりあえず水を飲む。

散歩は近年の我輩にとっては苦行でもある。

吾輩は犬である（その参）

昔は子供たちがいて賑わっていた我が家も、みな独立して昼間は誰も居らず室内犬である我輩の天下である。窓越しにカラスやすずめが飛んでいるのを見ているがみんな忙しそう。たまに真っ黒の野良猫が庭をのそのそと歩くので吠えてみるが、相手は我輩を一瞥して逃げようともしない。窓ガラスの向こうでなんかワンワンうるさいなぁ、と云わんばかりである。

最近は目が悪くなったせいか、風で木の枝が揺れる影を動物の動きと間違えてうなり声で威嚇する。絶対窓ガラスを超えて家に入って来ない蟻の集団をみつけては尻尾を水平に打ち振りながらワンワンと吠えかかる。

こんな我輩にもトラウマがある。それは電車の線路。

まだ幼いころ、ご主人の奥さんと散歩に行った。近くに阪急電車の踏切がある。とても小さな踏切で、車と人がやっとすれ違えるほどの幅しかない。西宮北口発宝塚行きの電車が通り過ぎた直後、遮断機があがると同時に一目散に踏切に入った吾輩は、キャインと大きな叫び声をあげて飛び上がった。

電車が通り過ぎた後の線路が火のように熱かったからだ。

それ以来、線路が怖くて踏切を渡ることができない。恥ずかしい話だが、散歩に出かけるとき踏切だけは頑として自ら歩くことを拒否し、ご主人様に抱っこされて渡る。道の側溝にある二五センチ足らずの格子のふたはジャンプして飛び越え、雨水を集めるマンホールにはなるべく近寄らない。どちらも金属でできていてとっても熱いイメージがあるからだ。

聞いた話だが、時々、夏の炎天下に汗を拭き拭き日傘をさしているおばさんがいるらしい。手にはリードが握られ、我輩と同じくらいの犬が散歩させられている。灼熱のアスファルトの道を、舌を出してとぼとぼ歩く姿を見るにつけ涙が出そうになるとご主人の奥さんはいう。犬の体は地上一〇センチそこそこだし、足の裏は火傷しているに違いない。せめて靴を履かしてやってほしい。

夏、我輩のご主人様はアスファルトが熱くないか一〇秒ほど手のひらを当てて冷えていることを確認してから散歩に連れ出してくれる。ありがたい事である。

犬舌という言葉があるかどうか知らないが、犬は熱さには敏感な動物だ。特に我輩のように過保護でトラウマを抱えている場合はなおさらである。

吾輩は犬である

吾輩は犬である（先代の巻）

我輩の先代の話をしよう。

名前をマロンといいシェルティーという犬種だそうだ。顔は我輩よりずっと高貴で足も長い女性である。なぜ我輩が生まれてくる前なのに先代の姿を知っているかといえば、家の中のいたるところに写真が飾ってあるからだ。その数はご主人様の子供たちよりずっと多い。


我が家の一員となったのは、犬身売買している店先でご主人様の幼稚園の末娘が二匹並んだ子犬を見比べて、こっちがいいと指差した方を買ってきたからだ。指差されなかった方の子犬がどういう運命になったかは定かでないが、それ以来ご主人様の子供三人の愛情に育まれて大きくなる。

名前もマロンとプリンが候補の最後まで残ったが、茶色の毛だからマロンになった。

これまた末娘が泣きじゃくり駄々をこねてマロンがいいと主張した為。

先代は我輩と違って、我儘でとりわけ序列に厳しかったようである。ご主人様、その妻、長男、長女、マロン、次女の順に偉いと思っていたらしい。自分を選び名前までつけてもらった末娘にはとりわけ厳しく、近づくと牙をむいて威嚇することもしばしば。自分より序列が上のものには従順なくせに、自分より下の次女のことは馬鹿にしていた。

細かいことは知らないが、先代がまだ若いころ大きな地震があった。しかし先代はガタガタふるえながらもご主人様のそばを片時も離れなかったそうだ。別に忠誠を誓っていたわけではなく、非常事態のときは家族の中で一番大きくて威厳がありそうなものの後ろにまとわりついていたに過ぎなかったのだろう。ここにも彼女の中には明確な序列があったのである。

地震で断水になったとき、水道管がつぶれていないかどうか試すといってご主人様がトイレの水を流してしまい家族から総すかんを食らった時も、彼をかばうようにその傍を離れなかったそうだ。

老齢になると夏には熱中症になり毎日のように背中に点滴を打った。一こぶラクダのようになりながらも何とか夏を乗り切った。

次の年の夏前、先代は我輩が生まれるころに亡くなったらしい。

吾輩は犬である（先祖の巻）

我輩の母親の母親が生まれる前の遠い昔の話。

ご主人様がまだ幼児のころ、我が家には室内に猫一匹と外に犬が一匹いたそうである。犬の名前は知らないが、猫の名はチャッピーというらしい。

子供、特に幼児は残酷である。

猫が高いところから落ちてもくるりと回り、両足でうまく着地することにご主人様は気づいたらしい。カーテンに向けてチャッピーを投げつけては遊んでいた。猫はカーテンにしがみつくが暫くすると落ちる。怪我をせずにうまく着地するのが面白かったのかご主人はその遊びを繰り返していたという。

ある日のこと、首に輪ゴムを巻きつけて遊んでいた。猫は嫌がってどこかへ逃げてしまい、ご主人様も自分のした事を忘れてしまう。

数日経った頃、異変に気づいたご主人様の母親が烈火の如く怒った。「なんて事するの！　お前は！」。見ると猫の首に巻いた輪ゴムが食い込んで皮膚の中に埋没しかかっているではないか。とても取れない状態だったので近所のおじさんに相談。彼は汗を拭き拭きピンセットのようなもので無理やり輪ゴムを引っ張り出し、何とか首からはずすことに成功した。

残酷なご主人様はすくすく成長し、お医者様になった。

その頃、ご主人様の両親は一匹の白い美しくて可愛い犬を飼っていた。犬種はマルチーズで名をアンディーといったそうだ。体は小さいくせにキャンキャンと大きな声でよく吠えた。

この犬は甘やかされて育ったので性格は最悪だった。

ある日のこと、アンディーがえさを食べている時にご主人様が頭をなでてあげようとした。えさをとられると思った犬は、ウウーッと牙をむいたかと思うとガブガブガブッとご主人様に噛み付いたのである。血だらけになった右手をみると、橈骨《とうこつ》動脈をかすめて牙が食い込んでいるではないか。抗生物質をのみながら洗浄。翌日から友人の研修医に頼んでガーゼ交換が一週間続いた。

そう、アンディーにとって自分の序列は家族の誰よりも上だったのである。

人間も動物も実は自分が残酷な一面を持つことを知らない。そして、甘やかすと自分がてっぺんにいると思う。それは特に人間の大人に多い。

吾輩は犬である（六）

阪急宝塚駅と西宮北口駅とを結ぶ今津線の中ごろに小林《おばやし》駅と仁川《にがわ》駅があるが、この二つの駅の間に踏切が五つもあった。北から小林駅踏切、谷口第一、第二、第三踏切道と鹿塩踏切道である。小林駅踏切は駅の乗降客が利用していたが構内に渡り廊下ができて廃止された。谷口第一はご主人様が子供のころに閉鎖されて今はなく、第二踏切は写真の如く車一台がやっと通れるくらいの狭さで西行き優先である。谷口第三踏切は一番車の往来が激しいがやはり狭くてすれ違えず、こちらはなぜか東行き優先の大きな看板がある。鹿塩踏切は人しか渡れない小さな踏切であるが、警報機と遮断機だけは一人前に設置されている。

事故の一番多いのは谷口第二踏切道で、遮断機が下りていても吾輩の仲間は背が低いので踏切内に入り電車にはねられるようである。人間様の場合はもっと深刻で、踏切の横に沢山の花束やジュースの缶が供えられ道ゆく人が手を合わせる光景を目にしたことがある。この踏切の脇には昔から小さなお地蔵さんがあり、お線香や花が供えられている。

吾輩の関係した事件もこの谷口第二踏切でおこった。

ご主人様の奥さんが散歩に連れ出してくれた時、踏切の近くで近所の巨大な白い犬に吠え立てられた。吾輩はリードを外して一目散に逃げ出した。奥さんが大声を出しながら追いかけてくるが我輩に追いつけるはずもない。

「じっと」という奥さんの叫び声で我に返り、止ってその場にしゃがみこんだ。するとすぐわきを西宮北口行きの電車が轟音とともに走り抜けた。「じっと」という言葉の意味を理解できなければ、我輩は今ごろこの世にいなかったことだろう。

暫くして奥さんが息をハアハアさせながら追いついたが、走ったとき右足を肉離れしたらしい。気持ちは前に行くが体がついてこなかったという。

しかし数日後、キャンセルせずに足を引きずりながら行ったゴルフの大会で奥さんは優勝した。なんでも足に力が入らなかったのが幸いしたそうである。

禍《わざわい》を転じて福と為す。

人間万事、塞翁《さいおう》が馬。

禍福《かふく》は糾《あざな》える縄の如し。

古くからいろいろ言われているが、今回はまさに『怪我の功名』である。

吾輩は犬である（七）

吾輩の家の近くにはご主人様の小さな孫が三人いる。三姉妹である。

一番上のMは生まれた時から吾輩のよき友であり、相談相手でもある。

二番目のYは吾輩の敵であり、尻尾を引っ張られたり毛をむしり取られたりする。吾輩も顔をなめたりして対抗するのだが、彼女は犬アレルギーで真っ赤に腫れ上がった眼を擦りながら攻めてくる。

一番下のKは生まれたばかりで相手にならない。と言うか、向こうも吾輩が見えていないようである。

この三人の子供たちが一堂に会すると楽しいがうるさくて仕方がない。吾輩は居場所がなくなって椅子の下に隠れるようにじっとしている。昔、大河ドラマで「三姉妹」というのがあったが、誰が栗原小巻や岡田茉莉子になるのだろうか。

吾輩の家には犬が五匹いる。もちろん、写真に写っている犬やぬいぐるみの犬は含めない。

一匹は言わずと知れた吾輩ピッチである。

二匹は、玄関を出てすぐの所にずっと同じ格好でいる。動かないところをみるとどうも置物のようである。

もう一匹も置物で、居間にいるがビクターの蓄音機に耳を傾けるような恰好をしてご主人様の両親の遺影に寄り添っている。

五匹のうち、最後の一匹はどうも吾輩の背中にいる真っ黒の犬のようである。重さは感じないが、ずっと背後霊のように背中にのっているらしい。我輩にはどうしても見えないので、ご主人の奥様が偶然発見してカメラに収めた証拠写真を呈示する。

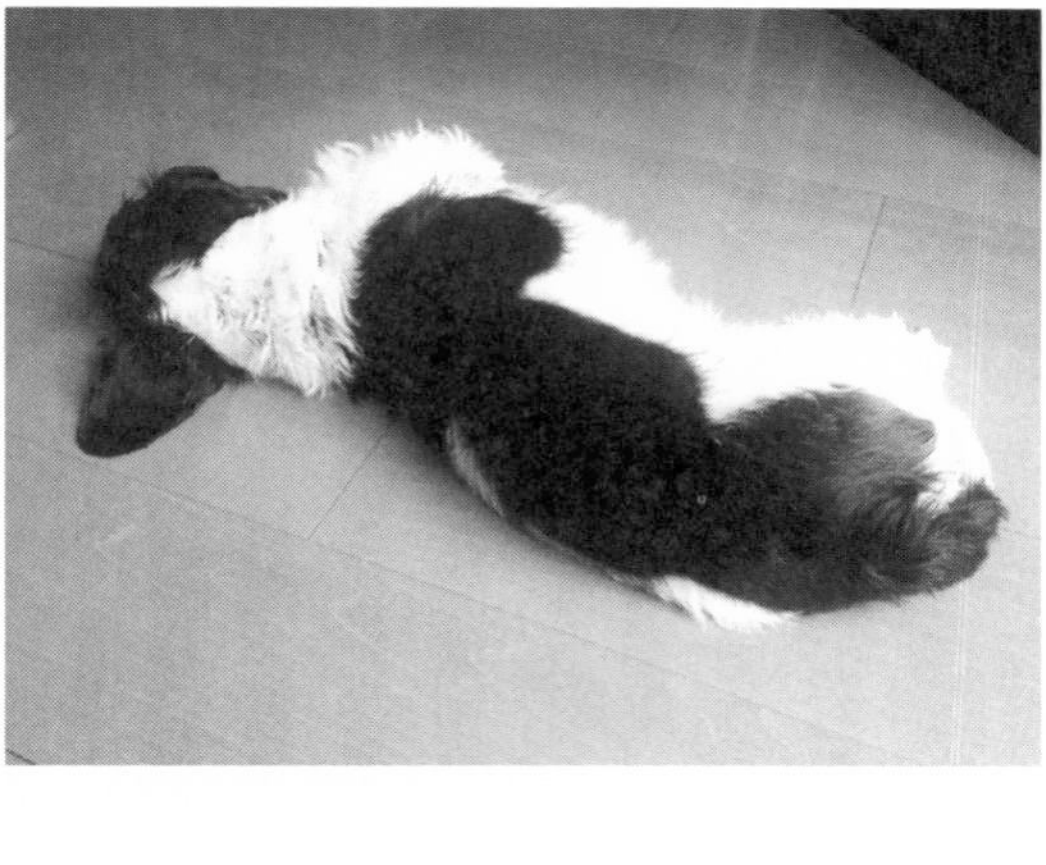

吾輩は犬である（八）

人は誰でも一度や二度は病に倒れる。

それは、吾輩のような犬でも同じことだ。


一歳になるかならない頃、溶血性貧血で倒れた。

何か体がだるそうだとご主人の奥さんが我輩の歯茎を見ると真っ白ではないか。獣医に連れて行かれ、血液検査をするとえらい貧血になっていた。早速、二キロ程しかない体に半端でない量のステロイド投与が始まった。ご主人様が知り合いの獣医さんに電話してセカンドオピニオンを求める位の大量投与だった。

家族みんなの懸命の看病のお陰か、貧血は徐々に改善。ほっと胸を撫で下ろした一年後、二度目の溶血性貧血に見舞われた。前の獣医は検査漬けだったので医者を変えてもらうと、今度は検査もせずにいきなり治療された。貧血は再び改善し、その後、定期的に歯茎観察の検診をうけているが十年近く貧血を起こしていない。

数年前、予期せぬ吐血にみまわれた。

ダイニングのエアコン修理に来たおじさんが帰ったあとである。彼はよほど犬嫌いだったのか、我輩の存在を無視して黙々と修理した後「犬の毛が挟まってましたよ」と捨て台詞を残して帰って行った。

我輩はガバッと血を吐いてまたまた獣医に連れて行かれた。「急性胃粘膜病変、つまり胃潰瘍です。デリケートな犬にはよくあることです。」と検査もせずに薬をくれた。そのエアコンはまたすぐ故障したが、今度は違うおじさんに頼んで修理してもらった。

ついこの間、怪我をさせられた。

暖かくなる季節に向けて、犬の美容院へ行った。全身の毛も短く切ってもらうサマーカット中に事故は起こった。バリカンが我輩の右耳を切ったのである。大量の出血に驚いた美容室の従業員はすぐさま獣医に連れて行った。

ご主人様の奥さんが迎えに行ったときには、右耳に痛々しい絆創膏が貼られ、心なしかしゅんとして元気がなかったそうだ。「今日のカット代、病院代は頂きません」という美容院の対応に奥さんは納得して帰ってきたという。


犬にも保険はある。しかし、ご主人様は我輩に保険をかけていない。だから病気をすれば全て自費である。どちらが得かよくわからないが、我輩には関係ない。


医者に飼われていると得なこともある。

我輩が生まれる頃に亡くなった先代の犬マロンも、熱中症で脱水になった時にはご主人様に点滴されて一こぶラクダのようになっていた。阪神大震災のとき迷子になりご主人様の友人に拾われた犬Aは、狭心症発作を起こすのでカルシウム拮抗薬を飲んだところ、その後発作はピタリと止んだという。

我輩の友達の犬Cは、家の人が出かけようとスーツケースをだしてバタバタしだすと痙攣《けいれん》てんかん発作を起こす。しかしフェノバールという癲癇《てんかん》の薬を服用したところ、殆ど倒れることがなくなり発作は消失したそうだ。

これらは全て自家診療であり、保険は効かず、医療過誤や医療事故もない。責任はすべて飼い主であるご主人にある。文句を言いたくてもそもそも言葉にできない。ただ不満なのは、吾輩が死んでも人間の法律では器物に過ぎないことである。

血も通い、あたたかい心も持っているのに……。

吾輩は犬である（九）

ネットを覗いてみる。

我輩の項は愛称ダックス、原産国ドイツ、さらに毛並みによってロング、スムース、ワイヤーの三種類がある、と書かれている。吾輩は正式にはワイヤーヘアード・ミニチュア・ダックスフントである。これはドイツ語のアナグマを表すDachsと犬を表すHundを合わせた「アナグマ犬」を意味し、巣穴の中にいるアナグマを狩る目的で手足が短く改良された……とある。（ビミョー）

容姿・性格の項を見ると特徴的な容姿は胴長短足の体型。……（中略）……長い体に対して短い脚のため、モタモタしたりする場合もあるが歩様《ほよう》が制限されるほどではない。（シツレイイナ）

スマホは東日本大震災以降急増し、今では三人に二人が所有しているそうだ。スマホは歩く百科事典。思い立ったら何でも調べることができる。すぐ電話もできる。電車でも車の中でも着信があれば「オカケナオシクダサイ」と言う。ＳＮＳ(social networking system)も広がっていて、熊本の震災の時も閉じ込められた人が百人近くの友達に励ましの言葉をもらったという。

でも流言飛語やうそも多いようでどこまで信じてよいか微妙である。もしかしたら、今まで書いてきた事は真実でないかもしれない。

最近、世界でも指折りの棋士が囲碁で人工知能に負けた。ジュード・ロウのＡＩ(artificial intelligence)やウィル・スミスのアイ・ロボットが、映画の世界からだんだん現実味を帯びてくる。背筋がゾーッとする。

その点、我輩のような犬は人間を裏切らない。

甘やかせばわがままに育つ。厳しくすれば食べ物をもらう時以外は知らん顔する。得意技はヒトを助けたり、癒したりすることである。仲間たちには救助犬や介護犬、盲導犬や麻薬取り締まり犬として活躍しているものもいる。

将来、人工知能やロボットが心や感情を持ち自分で考える時代になっても、吾輩はきっと負けることはないだろう。

おわりに

未来のことは誰にもわからない。私は毎日リハビリテーションをしているが、目標のないリハビリテーションはつらいものである。死ぬことも考えた。ひそかにＫＣｌも購入したが、医者になった娘にバレてしまい断念した。その他の方法も考えたがそれもかなわぬことであった。

前向きに生きようと思い直して毎日リハビリに励んでいる。未来のことは誰にもわからない。ここいらで筆を置く。

二〇二二　秋

家族写真（中央著者）

〈著者紹介〉

斎藤　公明（さいとう こうめい）

昭和 27 年　医師の長男として誕生

昭和 53 年　神戸大学医学部卒業

昭和 60 年　神戸大学医学部大学院修了

豊岡病院組合立公立日高病院 内科医長

平成 7 年　神戸大学附属病院第一内科 病棟医長

平成 8 年　済生会兵庫県病院循環器科 主任医長

平成 9 年　斎藤内科・循環器科開設

現在に至る

プロフィール

25 年前（平成 9 年）に父の後を継ぎ、宝塚市・阪急今津線小林駅前に斎藤内科・循環器科を開業。介護事業を併設し、地域の医療・福祉に貢献する。

快速阪急電車は今日も行く

2023年 2月 7日 初版第1刷発行

著　者　斎藤公明

発行者　百瀬精一

発行所　鳥影社 (choeisha.com)

〒160-0023 東京都新宿区西新宿3-5-12トーカン新宿7F

電話 03-5948-6470, FAX 0120-586-771

〒392-0012 長野県諏訪市四賀229-1（本社・編集室）

電話 0266-53-2903, FAX 0266-58-6771

印刷・製本　モリモト印刷

ISBN978-4-86782-000-1　C0095